Gallimard Jeunesse - Giboulées sous la direction de Colline Faure-Poirée

© Gallimard Jeunesse, 2003
ISBN : 2-07-055356-6
Premier dépôt légal : septembre 2003
Dépôt légal : septembre 2015
Numéro d'édition : 293332
Loi n°49956 du 16 juillet 1949
sur les publications destinées à la jeunesse
Impression et reliure : Pollina s.a., 85400 Luçon - n° L73359F

Le Roi NonNon

Alex Sanders

Gallimard Jeunesse - Giboulées

Il était une fois, dans la plus verdoyante des prairies, quelques moutons détrempés qui broutaient sous la pluie.

Au pied de l'austère château de Sa Majesté NonNon, ils cherchaient quelque abri. Mais sur la demeure du roi des grincheux, il pleuvait le jour comme la nuit; et ce climat particulièrement humide avait rendu Son Altesse pour le moins peu commode.

Sa Majesté NonNon régnait du haut de ses petits coussins, avec une permanente mauvaise humeur. Rien ne l'amusait jamais. Ses coussins étaient d'ailleurs sa seule frivolité. Il se plaignait sans arrêt de ses rhumatismes : « Aïe, mon dos, j'ai mal ! » Dès lors, il passait le plus clair de son temps à ronchonner et, comme ses moutons, à ruminer.

Ses laquais désespéraient de voir un jour sur la physionomie de Leur Majesté une éclaircie, même de courte durée. Les serviteurs avaient la mine résignée de ceux qu'on envoie systématiquement promener. « Vos nouilles sont servies… Votre compote est prête, Majesté… » D'un geste sec et agacé, Sa Haute Négation répondait toujours non, et les serviteurs congédiés repartaient, tout à fait habitués.

Congédiés l'étaient souvent aussi
les émissaires de la Reine GuiliGuili,
qui s'était mis au défi de faire
un jour rire le roi, en lui offrant
obstinément de grandes plumes
de paon. « Non ! répondait le Roi
NonNon, non moins obstinément.
Vous répéterez, messieurs, à votre
petite reine hystérique qu'à ses
plumes je suis allergique. »
Et il tournait les talons, car il était
très casanier et ne dépassait jamais
le milieu de son pont.

« Nom d'une passoire ! Jamais cela ne cesse… Quand il ne pleut pas des cordes, il pleut comme vache qui pisse ! Pourvu que cela finisse ! » Le Roi NonNon n'en pouvait plus. Il regardait briller le soleil sur le royaume des GuiliGuili, d'où lui parvenaient en aquaplaning d'insolents éclats de rire.

Ces rires avaient le don d'exaspérer la Reine PanPanCuCu : elle avait ordonné, en vain, à la Reine GuiliGuili de cesser ses bruyantes pitreries, et Sa Grande Sévérité signait maintenant, d'une main ferme, le début d'un conflit.

Elle envoya copie de sa déclaration
de guerre au Château-sous-la-Pluie,
pour tenter de rallier le roi des
Ronchons à son armée de
grognards. « Moi, soldat ! Et mes
rhumatismes ! Vous n'y pensez
guère, ma chère ! Non ! Non !
Sûrement pas ! »
Plic, ploc, plic, ploc faisaient pendant
ce temps les grosses gouttes d'eau
qui tombaient du toit.

L'une d'elles tomba sur le nez du roi.
« C'est la goutte d'eau qui fait déborder mon vase ! » hurla-t-il.
Et le jour même, avec précipitation, il prit la décision de quitter son château.
« Puisque le soleil ne vient pas jusqu'à moi… Aïe ! Doucement, mon dos ! Saligauds ! » cria-t-il à ses valets avant de les congédier.
Et il se fit déposer au milieu d'un pré ensoleillé.

Mais c'était justement ce pré que les troupes armées des reines avaient choisi pour s'affronter.

– Ôtez-vous de notre champ de bataille ! Vous ne voyez pas que vous gênez ! L'heure est à la guerre !

– Et moi je suis bien installé, en plus, j'étais là le premier. Allez vous battre ailleurs, chiffonnières !

Je déteste la guerre ! répondit le roi, bien cramponné à ses accoudoirs.

Mais plus personne n'écoutait
le Roi NonNon. « De toute façon,
il n'est jamais content », pensait
la Reine GuiliGuili. Et plus il râlait,
plus elle avait la chatouilleuse envie
de le chatouiller.
L'hilarité s'empara des troupes,
et même les fameux grognards
de la Reine PanPanCuCu prirent
un air rigolard.
« Aïe, mon dos ! Doucement,
sacripants ! Aïe ! Non ! Vilains !
Mes coussins ! »

Et c'est alors qu'un petit sourire éclaira non pas le visage du Roi NonNon, non, non, non, mais celui de Sa Sévérité Absolue, la Reine PanPanCuCu. Elle trouva soudain le roi des râleurs tout à fait à son goût.

« Il a l'air un peu cornichon, pensait-elle, mais il est plutôt mignon, et s'il n'est pas assez obéissant, je le punirai ! Oui, oui, oui, c'est décidé, je le marierai ! »

– Reine PanPanCuCu, voulez-vous prendre pour époux Sa Majesté NonNon ?

– Oui, je me suis déplacée pour ça ! répondit la reine.

– Roi NonNon, voulez-vous prendre pour épouse Son Altesse PanPanCuCu ?

L'assemblée jubilait d'entendre enfin le Roi NonNon dire oui. Mais Sa Majesté, évidemment, répondit :

– Non !

Ils ne se marièrent donc pas, mais ils eurent beaucoup d'enfants.